歌集

夏の領域

佐藤モニカ

本阿弥書店

夏の領域　目次

I

装画・装幀　野原文枝

歌集

夏の領域

佐藤モニカ

I

夏の領域

一つ残しボタンをはづすポロシャツは夏の領域増やしゐるなり

イニシャルのMがカモメに少し似るそれだけの縁われとカモメは

つま先で空をめくりてみたきほど快晴であるブランコに乗る

夏蝶を捕らへしごとく指先に今朝のアイシャドー少し残りて

故郷に帰れば故郷訛りなる君の言葉が耳元に揺る

君の育ちし町を訪ねて呑気なるわれはタコスをたらふく食へり

シークヮーサージュース飲みつつ思ふ人ある幸せにわれは溺れず

ジンベエザメの健やかさわれに遠ければ見とれて立てり水槽の前

「ずつと一緒」のずつととはどのあたりまでとりあへず次は部瀬名岬《ぶせなみさき》

海ぶだう口に転がしガラス扉の向かうに沈む夕日見てをり

指先に小鳥を乗する手つきして教へくれたり海までの道

耳の奥に三線の音残りゐて頭を少し傾けてみる

ちんすこう

日傘閉ぢ空を仰げり日傘には人想《も》ふやうな熱さが残る

ペットボトルの水を飲むときさはさはとわたしへ届くほそき川あり

見上げつつふり返りつつ歩くなり晴れの日壺屋やちむん通り

夏籠を提げて歩める少女らがききらききらと笑つてゐるよ

三百年の歴史を持てるぶくぶく茶心正していただきにけり

砂のごとちんすこう崩れそのかみの琉球王国消えてしまへり

ガイドブックにある沖縄はいつもいつも明るく元気な顔ばかり見す

山折り谷折り切り取り線のやうに見ゆ沖縄コザの基地のフェンスは

紅型

どの人もまた遺族なり摩文仁野にハイビスカスの花を見上げて

色の上に色を重ねて紅型の隈取りは沖縄の歴史に似たり

夜の奥にうちなーぐちを喋りゐる自販機ありて「にふぇーでーびる」

みんなみの桜はわれの知らぬもの太陽《てぃーだ》の下の桜を思ふ

雪塩ちんすこう買つて帰らな東京は晴れのち雨といふ予報なり

マジックアワー

革靴はコッペパン色　今朝われの夢に来て足を踏み鳴らすひと

クリーニング仕上がりしシャツへ腕通す腕より仕事に入りゆくものか

白き手袋はめて外して接客のたびにわたしはマジシャンになる

はちみつに浸けた甘さの恥づかしさ接客をするわたしの声は

顔忘れ足型覚えてゐる客の孤島のやうな足型思ふ

中国語の勉強を強ひる朝礼ありカタカナで覚える接客用語

「薄っぺらな言葉は吐くな」販売の仕事得しわれに父は言ひたり

おもてなしの心学ばむ図書館に千利休の本借りてみる

コンパクトで敵を確認するといふ映画のシーンを真似をり社食に

売つても言はれ売らねば言はれ上司とはとかくわたしの売上を言ふ

あつあつのカツレツにレモン搾りつつとどめのやうな言葉投げたし

原動力はいくらかの怒りかもしれずカプチーノマシンは朝の音たて

猫の手も借りたしされど借りたならさぞぐちやぐちやになるのであらう

夏の日は怒りやすくて忘れやすいつるんとめうが洗ひてゐたり

嘘なんてついたそばからばれさうな人に似てゐる木綿豆腐は

フィナンシェは金の延べ棒さくさくと作りてはよからぬ妄想にふける

馬上にて風感じ来しいもうとにわれの持たざる頰の色あり

先割れスプーンで西瓜の種を落とすときましろき皿に五線紙の見ゆ

サマータイム

皮剝き器を新調すれば皮のある野菜幾つも欲しき昼なり

サラダ菜を食みゐるわれにましろなるウサギの耳の直立したり

隣人の顔知らざれど隣人の犬の声知る生活である

フランスパンちぎりて食ぶる昼過ぎに大いなる雲崩れてゆけり

玉手箱の大きさほどと思ひつついただきにけり粉石鹼を

口角を上げて笑へと書かれゐる接客マニュアルのさびしき笑ひ

ウイスキーと言へば口角上がるらしウイスキー飲まぬわれも上げたり

ホールトマトの缶詰のごととつぷんと音をたてゐる日曜の朝

バスに乗らぬ生活に慣れ寂しいか幾度かバスに乗る夢を見る

素つぴんに眼鏡をかけて一昨日と異なる顔でコンビニへ行く

両国橋渡つて行かう今日われはポンヌフ渡る気分になつて

路上にて盆栽売る人うつむきて優しさうなる背中が覗く

豆腐売り今日は来ぬらしそのことが少し寂しい夕暮れである

猫よけのペットボトルにすりすりをしてゐる猫よあつぱれである

羊のやうな声を出したり起きぬけの猫の背中を撫でやりたれば

寂しくて背中を撫でてほしきとき少しづつ人に背を向けはじむ

ある夜は星のひとつに数へたし玄関にある覗き穴ひとつ

薄あをき色となりたる明け方のわが部屋今も旅の途中か

マンホールに馬の絵のある町に住みき折々思ひ出すたてがみを

夏のパズル

マスカラをのせて睫毛の放射線やはらかくひとを思へり今日は

シャボン玉・風船・浮き輪・頬　夏は膨らますものあまたあるなり

勝ち虫のトンボ身につけ会ひに行く敵といふ敵、われにをらねど

仕事帰りに待ち合はせする現より二光年先のスターバックス

君の語る昔話に気の強き女《ひと》あらはれてあらはれては消ゆ

スナップが大切と思ふオムレツを作るとき君に反論するとき

イルカ型のピースはめこみ中盤にさしかかりたり夏のパズルは

自転車をゆらゆらゆらと漕ぎいもうとは楽譜のやうな夏の道ゆく

青かびのチーズ切り分けいもうとが近頃終はりし恋語りそむ

板ゼラチンふやかしてゐる夏の午後君の陽炎揺れはじめたり

雪明りに似ると思へり半身を冷蔵庫に入れ拭き掃除すれば

網戸には小人が千人住んでゐて晴れた日に洗ふ千人の家

缶詰を開けたるやうなぎざぎざの波にあひたり夏の終はりは

木のこころ

金魚掬ひのやうにことばを掬はむとして逃したり今宵のわれは

まつすぐにわれに向き合ふわれのありスタジオの大き鏡の前に

木のこころ森のこころを読みこんでヨガ教室の前列にゐる

直立は難しきゆゑ木も人もますぐなる幹持つ人を恋ふ

手のひらを空に向けたり手のひらの上にしづかな海のあるごと

「耳より上へあげてゆきます」改めて耳の位置など確認したり
さらさらと若葉揺らしてゐるわれかスタジオを出てシャワー室まで

長き尾

ティーポットに夕暮れの色たまる頃自転車を漕ぎいもうとは来る

いもうとが脱ぎたる茶色の革靴にちひさき月光こぼれてゐたり

大切なものには鈴をつけるらし財布に、鞄、鍵に、猫の子

物分かりよき子の胸に灯りたるカンテラに似る灯のさびしさよ

引き上ぐる楽しさあらむ芋掘りも傷心の後のひとの心も

ジャガイモのスープくつくつ煮込みたり秋は確かに長き尾を持つ

ビスケット

磨きゐるガラスのなかにわれに似てわれに最もとほきひとをり

ポケットを叩けばビスケットあらはるるジャケット欲しき残業の夜

「さうですね」「さうですね」と頷けるわたしのどこか水漏れてゐる

炒むれば透き通りゆく玉葱の心持ちたし叱られて後

ほろほろと欠け落ちさうな心ゆゑ今日は多めに牛乳を飲む

いもうとより深夜のメール届きたり二段ベッドの会話のやうに

朝に夕に黒白の鍵となるわれか繰り返し猫の脚に踏まれて

咲き誇るシクラメン見ゆこの世には主役となれる人生もある

夜の卓にスノードームの雪降れり静けき部屋をさらに静めて

麦の穂

誘はれるやうに買ひたる麦の穂の指輪をはめて向かふブラジル

ブラジルにコーヒー飲めば思ふなりサントス港に降り立ちし祖父

珈琲園《カフェザール》跡に母立つ胸元のあかるき色のスカーフなびけ

母は変はらぬみどりの豆をちぎりゆく緑とはさう希望の色だ

あをすぎる空の下にて飲むガラナ炭酸きつく喉を刺すなり

夕暮れは女優になりたし土まみれ夕陽まみれ大嘘まみれ

ああジョアンナ懐かしいわと抱きつく人、 母には母の故郷がある

麦の穂をタクトのやうに振るときに故国の歌は母のために鳴る

芸名はイチロウ

弟に牛タン二枚分けやりて姉の顔をす仙台太助

早稲田大学教育学部卒業の佐藤陸一《むつひと》噺家になる

芸名はイチロウ数字の一でなく市場の市ですりんごの並ぶ

喋ればすぐに手の動きだす市朗の噺家になる前からの癖

イヤリング、補聴器、ピアスさまざまな耳集ひたり寄席の昼の部

サラリーマンになると思ひしあの夏の弟に贈りしネクタイ二本

緞帳の向かうとこちら分けられて弟たしかにあちら側のひと

たまくしろ手に取り持つは扇子なり櫓にも使へば箸にも使ふ

傘がない自転車がない風呂がないないないないないと噺家言へり

いかなる与太郎いかなる花魁住みをるや噺家のなかの江戸の町には

この世でもあの世でもない噺する噺家の噺　今日は雨なり

後列の男が喉を鳴らしをり時そばの蕎麦すする場面に

うばたまの黒き羽織を着てゐるは出番待ちなる柳亭市馬

来るぞ来るぞ来るぞ来ました予期したる笑ひを笑ふ席亭たのし

笑ひにて救はるることきつとあるきつとあるゆゑ笑はせなさい

ついそこで足踏みしてゐる春ならむ春呼ぶやうに太鼓を叩け

鼻歌うたふ

菜の花のふせん桜のふせん貼る君の手元に春が来てゐる

どんな約束してきたのだらう知らぬ間に小指にひそり黒子のありて

携帯の匂ひひたすら嗅ぐ猫よかぐはしきメールの数々知るや

酒蒸しにされゆく浅蜊の上機嫌その幾つかは鼻歌うたふ

白きふきんかたく絞りてのばすとき言ひ訳ばかりの人生思ふ

漆の椀にぼんやり浮かぶこの顔が五十年後のわれであるかも

鮮やかな朱に違ひなし万太郎の句のなかにまはり続ける独楽は

夕暮れの商店街にまぎれたし赤きひれ持つ金魚となりて

白馬

菜箸をさし入れ左右にほぐしたし本日の雲かたまりやすく

携帯メール打つとき思ふ縦書きに愛をささやく女男《めを》減りをらむ

ふさふさと尾をたててゆくものたちの後に続きて信号わたる

茹で卵むきゐる間にゐなくなる向かひのビルの残業の人

前世の名残なるべし両膝の木目さやかに際立つてをり

うつくしき白馬一頭放ちやるとなりのひとの眠りのなかへ

ブラジルは朝

空見上げ星を探して祖父思ふブラジルはいま朝だけれども

兵役辞退の手紙を落とす街角の四角いポストまことに赤し

兵役辞退の重さ曖昧、懸賞のハガキとともに投函すれば

からつぽのポストなりしかコツといふ音が底より響いてきたり

兵役辞退の手紙投函したる後一席うかがふ弟を見る

戦場とかけはなれたる寄席といふ場にゐて笑ひに肩まで沈んで

舞台《いた》の上で人を笑はす弟はいつか戦場へ行くかもしれず

青白い星の震へる夜に聴くボサノバはいつも「薔薇に降る雨」

ルドゥーテ展

雨長く続く土曜日部屋のうちに猫もわたしも溶けさうにゐる

ルドゥーテの展覧会で知り得たりモモがバラ科であるといふこと

黙ふかき樹木のやうな青年がわれに饒舌になつてゆくまで

その夜はハナミズキの木にならむかな首筋たてしろく寡黙に

ソルダムの皮を剝きつつほんたうはこんな色かもしれない地球

クラスではきつと窓側の席にゐるやうな名前を持つ君である

三百件は眺めただらう間取図のそれぞれにある窓の夕焼け

去りゆくと決めたる街の懐かしくどのビルもどのビルもかがやく

動　坂

早朝の山脈に雲のせてをりストライプブルーの歯磨き粉よし

葉脈をこれとばかりに見せつけて青じそは自らの生を語れり

裏通りに栞のやうに横たはる猫をり明日はどの道ならむ

ひとつ北の動坂に住んでをりますと挨拶をせな鷗外に会はば

学生番号ハローゴーヤー《860508》の君がまた缶ペン鳴らし帰り来るなり

蟬の声ざんざんばらんと湯立坂サンダルの足濡らしてゐたり

東京大学総合研究博物館しやれかうべ抱く銅像のあり

それぞれの海の音色をしのばせてガラスケースに貝殻眠る

湯立坂下よりバスに乗り込めばわれら磁石に吸はるるごとし

グアバジュース

ベランダに父のシャツ揺れ君が父と向きあふ間風を見てをり

膨らんだピザ生地のばし数年をのばし続けた返事を思ふ

グアバジュースのグアバをあかく舌にのせ結婚について語りだすひと
モッツァレラチーズのばして今われは大事な言葉を聞き逃したり
夕空に紅色の龍あらはれるまぶしき鱗模様を見せて

II

パインカッター

髪を切る音の響きて浴槽は人の過去をも呑み込む深さ

まだ読めぬ東恩納といふ名前遭遇するたび夫をつつく

人ならば夫よりはるかに年上の猫が夫を起こしにゆけり

天ぷらの下敷きとなるオスプレイ徐々に滲みてゆくを見てゐる

さみしくて郵便受けをのぞく顔向かう側より見られねばよし

ハンモックに揺らるる昼過ぎわたくしは誰かの鞄の中身のやうに

妻であることやはらかしけふの日もスポンジ、ふきん、雑巾握る

パインカッターぎゆうつと回す昼下り驚くほどに空近くあり

ポストまで遠回りする月の夜投函といふ快楽のあり

さーふーふー

帰る度小さく縮みゆく家よ父も母もまた等しく縮む

子も猫もゐなくなりたる家のなか母の球根ぐんぐん太る

水差しに映るわたしといもうとが映画のシーンのやうにもの食む

少しづつ作られてゆく花嫁のわたしの前を早足の母

どちらの眼鏡が似合ふだらうかと金色の鳳凰の飛ぶ留袖の母は

むかし夫は春の妖精役なりき舞台のうへにスキップをして

寡黙なる夫はバナナワニ園でワニの写真を撮り続けをり

真逆なるわれと夫の誕生日真逆にあれば納得のゆく

歩きつつ左手の指輪確かむる夫の姿をベランダより見る

手のひらに道のあること足裏に道のあること　深々と夜

さーふーふーはほろ酔ひの意味さーふーふーの君と月夜の道歩き出す

キャンベルスープ

若葉色の付箋を記事に貼りゆけばリグレーのガム落としたやうな

横長に灰色のフェンス続きゐて終はりさうでまだ終はらぬ話

屋敷壊しと言はるるデイゴいつの日か基地壊さむと囁き合へり

痛みを分かち合ひたし合へず合へざれば錫色の月浮かぶ沖縄

転がれるコルクを見ればこの今も誰か撃たるる戦場がある

酔ひ深き夫がそこのみ繰り返す沖縄を返せ沖縄を返せ

赤き粉噴きつつ螺子の傾きてもう耐へられずと泣いてゐるなり

夢の中であれど恐ろし次々に空の奥より兵士降り来て

キャンベルの赤きスープに浮かびゐるアルファベットがＹＥＳと迫る

ましろなるバスタオル干すわれわれは降参をしてゐるにあらずや

離《か》れて思ふ迷彩柄の流行りたる東京あるいは戦に遠し

どちらが勝つても悲しいものが残りさう　夫と連れ立ち投票へ行く

スリッパの音のみ響く体育館投票はつね祈りに似たり

花言葉喜びといふサンダンカ　街角に選挙速報を聞く

ラジオより唐船ドーイ流れきて運転手少し体を揺らす

選挙終はりし町いつになくやつれたりハイビスカスの萎むのに似て

朝と夜を綴ぢ合はすごと鳴きてゐるイソヒヨドリの一筋の声

アイポッド

雛壇より酒飲む姿見しことが最後となりぬ叔父の記憶の

十五から知りゐる叔父を父がまた語り出すなり夕べの電話

「輝昭がなあ」とまた言ひポケットより父は取り出す叔父の記憶を

アルバムをめくれば叔父のしかとゐて輝くは夏、昭和の頃の

秋の日の空はすこんと抜けさうで　この世から叔父ゐなくなりたり

ああつと雨が降つてるアイポッドのなかに流るるこの曲に今

愛されてこの世去るひとそのひとの祭壇の花のやうなり雲は

じんじん

雨に濡れ両腕垂らすサトウキビあれは昨日のわれかもしれぬ

バランスがうまくとれない妻といふ字のなかの女時《ひと》々転ぶ

東京より戻り来し夫トランクの車輪に小さき秋をはさみて

率直な人だあなたは裸木は空を求めて求めてやまず

聞き耳を立ててはならず夫がまた猫に仕事の相談するを

もう一度高く跳ぶためしやがみこむ齢と思ふ四十代は
ビロードの紺の降りきて日は暮れるじんじんじんはさう蛍のことだよ

どこへ行くのか

合戦のやうなり幾つも旗ならぶフェンスのまへに風は行きかひ

基地沿ひに観光バスの連なりて基地反対の人々降り来

途中より雨の降りだし濡れながら聞くなり稲嶺市長の声を

すぐ雨の降りだす土地は悲しみの多き土地とも言へるかもしれず

簡易トイレ八つ並びゐる集会の平均年齢やや高めなり

ナンセンスと掛け声のしてその元をたどれば細き女学生なり

沖縄の縄といふ字が気になりぬいつもなにかに縛られたれば

みんなみは明るくまぶしいだけでなしその濃き影をつくづくと見る

セカオワを聴きつつ曲がるカーブなりこれより沖縄どこへ行くのか

リュウキュウツバメ

人の顔覚えず猫の顔ばかり覚えて名護の地図を描きゆく

リュウキュウツバメのつがひを父に見せる夢終はりて立てば半生の過ぎ

この上なく上機嫌なるイルカとぶ海邦銀行通帳のおもて

黒猫にヤマトと名付け呼ぶ度にわれの本土が振り向きゐるか

夕暮れの山はうるみて名護の町前世来世の桜も咲けり

Ⅲ

母となる

少しづつ子宮膨らみゆく秋の葡萄、桃、梨、林檎をかじる

昨日見し台風の画によく似たり子宮内映す写真を見れば

看護師はきれいな腕をしてゐると褒めたる後に注射針さす

みどりごを運ぶ舟なりしばらくは心臓ふたつ身ぬちに抱へ

三賢母の一人モニカの名をもちてわれはいかなる母親になる

母となるをみなに海のあることを　羊水かたむけカフェにて語る

オブラートに包まれてゐる今日の日かどこを見上げても見上げても白し

オリーブオイルを腹に塗りこむスペインの妊婦の匂ひ思ひ眠らむ

マタニティパジャマ

胎動は日々強くなり子には子の都合あるらし夜中にまはる

マタニティパジャマの不思議ウエストのゴム引き出せば穴続きをり

ジーマーミ豆腐を食みてゐる真昼わたしのなかの余白を増やす

疑問符の形はやさし長き尾を丸めて部屋をねりあるく猫

西松屋とバースデイとをはしごする夫にあらたな表情のあり

ベビーカーに子供を乗せて行く夢のさくらいつまでも降りやまぬなり

産み月

産み月の四月まことにあかるくて幾たびも幾たびも深呼吸する

紙おむつ、おしりふきより始まつて出産準備リストの長し

ショッピングセンターのなかぐるぐると溶け出しさうなわたしの家族

身の内に扉はありておまへ来るまでのその扉《と》のひそやかなこと

子のために短く爪を切り揃へ生まれ来る日を待ちをりわれら

マタニティブラを外せば胸元の血管あをき枝のごと透く

林檎二個浮かぶるごとし浴槽にわれの両膝ぽつかりとある

明るくて素直な名前をつけてやる春の緑の芝生のやうな

いつかわれをやすやすと越す背丈へと　小さき綿の肌着をたたむ

湖《うみ》となるまで

さやさやと風通しよき身体なり産みたるのちのわれうすみどり

この朝をわれより発ちて戻らねば吾子はまぶしき春となりたり

われを発ちこの世になじみゆく吾子に汽笛のやうなさびしさがある

やはらかきものは眠りてリビングはふたたび静か　湖《うみ》となるまで

いづこまで旅してきたか目覚めたる子にうつすらと葉のにほひせり

遠景にちひさき船の過ぎ行くを子はまだ知らず知らずともよし

春の日にあをき栞をはさみおく幾たびもわれら読み返すため

白き帆

初乳の思ひがけなく黄色くて菜の花あはき光をまとふ

人の世に足踏み入れてしまひたる子の足を撫づ　やはきその足

まぎれもなくこの子の母であることの　点滅しをり蛍の腹は

子を抱き逃げまどふ夢覚めし後瞼にふかく戦火刻まる

なべて女の産みたる命その命くづほるるとき嘆きのピエタ

戦地なりし沖縄はけふよく晴れて　けれども魂《まぶい》みな泣いてゐて

白き帆をはりて進めよみどりごの小さき服を干す日曜日

ロンパース

みどりごの重さに腕は撓みつつ海からの風待ちをり初夏は

ロンパースの胸のヨットの傾きぬ乳房求めて手を伸ばすとき

枇杷ほどの膨らみを持つポケットに夫がまた出し忘れしハンカチ

生卵こつんと叩き生まれたるしづかな世界が夕焼けてゆく

お喋りでお節介なる祖母に似る厚揚げ豆腐そのきつね色

賑やかな待合室の片隅に南の風のかける場所あり

骨盤ベルトまだ手放せずぐらぐらと揺れ続けるなり骨も心も

腕《かひな》にて抱けるもののかぎられて今この時は吾子のみに満つ

乳の香

雨上りの町のさやけしこの町の水溜まりみな鏡となりて

呼びかくれば小さく応へゐる吾子のまだ不揃ひの睫毛光れり

みどりごの足跡未だあらぬ部屋蜜のやうなる光を招く

膝の上に眠りゐる子のはみ出せる部分のふえて雲ゆたかなり

いつの日かこの重さをも恋ふならむしなふこと歓びとする樹木

乳の香をぶらさげ歩くわれなれど今宵満月の艶めきてをり

樹木のごとし

秋風に揉まるる吾子のシーツなり吾子眠るとき鳥の声聴く

ひとすぢの風摑まむとみどりごはちひさき掌開きて待てり

白き蝶黄の蝶次々発ちてゆくここに見えざる駅のあるらし

道なりに母子の影をおとしつつまだ一本の樹木のごとし

両腕のなかにみどりご眠りゐていづれこの輪を出てゆくならむ

子の眠り追ひかけわれも眠らむかパパイヤ色の日差しのなかで

醤油の匂ひ嗅ぐときぐんと思ひ出すキッチンに立つ薄き背中を

さみどりのキャベツの母性泣きだせば一枚一枚剝がして与ふ

アメンボの描く水の輪少しづつ吾子の味覚の広がりてゆく

ぽつぽつと島唐辛子灯りゐる夕べは思ふ人生のこと

時々に忘れて時々会ひに行く絵本のなかの尾の長き猫

おそらくは猫に違ひなし折々に耳の後ろをかく子の前世

飛べさうで飛べぬ空なり子を抱きて地にどつしりと足つけて生く

子守唄うたひつつ思ふ吾子よりもまづその母に効果があると

次々と仲間に鞄持たされて途方に暮るる生徒　沖縄

片栗粉溶きて混ずればなじみゆくやうにはゆかぬものなり　基地は

みづからを味はひてゐるみどりごはやはきこぶしを口にふふみて

子に乳房与へつつ書く小説の空に漂ふ乳の匂ひは

草原を走りぬけ来しをさなごの起きぬけの髪また整へる

子の一歩うつくしき日よ灯台の白き光の真すぐに届く

途切れつつ風の入る午後吾子はまた樹液求むるごとく口あつ

窓際に柔き毛風になびかせて秋といふ秋全身で知る

あふむきて吾子と寝てをり天空の星が互ひに引きあふさまに

モスリン

朝ごとに白き花咲きつくづくと眺むるに似る子の成長は
かはるがはるその名を呼べばみどりごは徐々にその名に馴染みてゆけり

なめらかに夢の世界へ入りゆく吾子かも雨の匂ひ引き摺り

しづもれる部屋のなかにも詩のあるをみどりご夫の寝息の響く

遠慮がちに恋打ち明くるひとのごと木漏れ日は吾子の指へと届く

ベビーカーをおほへるモスリン風に揺れ子育てのまだ入口にあり

あとがき

『夏の領域』は私の第一歌集です。二〇一三年に夫が故郷の沖縄で就職することが決まり、それまで住んでいた東京から沖縄へ越してきました。自宅マンションの向かいはサトウキビ畑、さらにその向こうには山があり、車を十分ほど走らせると海が広がるという自然に囲まれた環境で、毎日の暮らしのなかで目にする植物の色が一気にあざやかになったのが、とても印象的でした。

タイトルは、冒頭の、

一つ残しボタンをはづすポロシャツは夏の領域増やしゐるなり

から取りました。沖縄に観光で訪れた際の一首ですが、まさかその数年後にここで暮らすようになるとは夢にも思いませんでした。

八月生まれの私にとって、夏は特別な季節です。生後六ヵ月を皮切りに、その後も度々、夏休みを利用して親類の住むブラジルを訪れました。あざやかな色合いの植物や果物、そして、そこに住む人達。沖縄とブラジルは少し似ている気がします。ブラジルの祖母との初めての旅行も沖縄でした。沖縄となにか不思議な縁を感じています。その後もたくさんの夏がありました。

本歌集には三一〇首を収めました。Ⅰは第二十一回歌壇賞次席作品「サマータイム」、第二十二回歌壇賞受賞作品「マジックアワー」を中心に東京時代の歌を、Ⅱは沖縄の名護へ移ってからの歌を、Ⅲは妊娠から出産後の育児の歌を収めました。時期としてはそれぞれ、Ⅰが二〇〇八年から二〇一二年、Ⅱが二〇一三年から二〇一四年、Ⅲが二〇一五年から二〇一六年に制作したものとなっています。Ⅲに収めた「樹木のごとし」は「現代短歌」巻頭の掲載時には日付と詞書がありましたが、本歌集に収めるにあたって外しました。その他、本歌集に収めるにあたり、いくらか歌を直した箇所もありますが、なるべくは当時の息づかいのままに収めました。

このあとがきを書いている間、昨年生まれた息子は一歳になりました。病院で生まれたばかりの息子を抱いた時のやわらかで、頼りない感触を今でもしっかりと思いだすことができます。育児に追われる日々でしたので、自ずと歌も子どものものが増えました。それもまた、本歌集の特色となったかと思います。

佐佐木幸綱先生には東京歌会の頃から多くのことを学ばせていただき、沖縄へ移った今も折々東京から励ましをいただいています。今回もお忙しいところ、帯文を賜りました。心よりお礼申しあげます。

「心の花」の先輩・仲間達、沖縄の歌人・作家達からも様々な刺激をいただいています。本当にありがたく思います。

又吉栄喜さん、吉川宏志さん、俵万智さんと、尊敬する表現者の先輩方が丁寧な栞文を書いてくださいました。どの栞文も宝物です。感謝申し上げます。

装画・装幀を詩集『サントス港』に続き、デザイナーの野原文枝さんにお願いしました。野原さんの「ここにある憧れ」を初めて見た時から、ぜひ歌集の装幀にと思っていました。野原さんのおかげで、この歌集の世界観がさらに広がったと感じています。ありがとうございます。

出版に際しては、本阿弥書店の奥田洋子さんに大変お世話になりました。育児の合間に奥田さんと歌集について話すことは、新しい風が通りぬけていくような心地よさがありました。厚くお礼申し上げます。

そして最後になりましたが、いつも近くで見守ってくれる家族に感謝を述べたいと思います。

さわやかな海開き日に

佐藤モニカ

佐藤モニカ

1974年生まれ。千葉県出身。竹柏会「心の花」所属。
2013年より沖縄県名護市在住。
詩集『サントス港』

2010年　第21回歌壇賞次席
2011年　第22回歌壇賞受賞
2014年　第39回新沖縄文学賞受賞（小説「ミツコさん」）
2015年　第45回九州芸術祭文学賞最優秀賞受賞
（小説「カーディガン」）
2016年　第50回沖縄タイムス芸術選賞奨励賞受賞
2017年　第40回山之口貘賞受賞

歌集　夏《なつ》の領域《りょういき》

二〇一七年九月十八日　発行

著　者　佐藤モニカ
発行者　奥田　洋子
発行所　本阿弥《ほんあみ》書店
東京都千代田区猿楽町二―一―八
三恵ビル　〒一〇一―〇〇六四
電話　〇三(三二九四)七〇六八
印刷・製本　日本ハイコム
定　価　本体二六〇〇円（税別）

ISBN978-4-7768-1331-6 C0092（3048）